Collection de M. JOURDIER

DEUXIÈME VENTE

HOTEL DROUOT, SALLE N° 4

Le Samedi 9 Mai 1885, à deux heures

BEAUX BRONZES

DE BARYE

MEUBLES, ÉTOFFES

LIVRES

EXPOSITION PUBLIQUE

Le Vendredi 8 Mai 1885, de une heure à cinq heures.

Me **ESCRIBE**, COMMISSAIRE-PRISEUR

rue de Hanovre, 6

EXPERTS

M. Ch. MANNHEIM	**M. Jules MARTIN**
rue Saint-Georges, 7	rue Séguier, 18

PARIS — 1885

Ve RENOU ET MAULDE

IMPRIMEURS DE LA COMPAGNIE DES COMMISSAIRES-PRISEURS

Rue de Rivoli, 144.

CATALOGUE

BRONZES

DE BARYE

GROUPES ET STATUETTES

Meubles du temps de Louis XV en marqueterie

LIT EN BOIS SCULPTÉ

QUELQUES BRONZES D'AMEUBLEMENT

ÉTOFFES — TAPIS

LIVRES

Appartenant à M. JOURDIER

ET DONT LA VENTE AURA LIEU

HOTEL DROUOT, SALLE N° 4

Le Samedi 9 Mai 1885

A DEUX HEURES

Par le ministère de **M° ESCRIBE**, Commissaire-Priseur,
rue de Hanovre, 6,

Assisté de **M. Ch. MANNHEIM**, Expert, rue Saint-Georges, 7,

Et de **M. J. MARTIN**, Libraire, rue Séguier, 18.

EXPOSITION PUBLIQUE

Le Vendredi 8 Mai 1885, de une heure à cinq heures.

—

PARIS — 1885

CONDITIONS DE LA VENTE

—

La vente aura lieu expressément au comptant.

Les Acquéreurs paieront CINQ POUR CENT en sus du prix d'adjudication.

BRONZES DE BARYE

1 — Beau Groupe : Thésée combattant le Minotaure;
patine verte. Socle en marbre griotte.

2 — Beau Groupe : Éléphant monté par son cornac et
éventrant un tigre; patine brune.

3 — Groupe équestre : Bonaparte, premier consul,
montant un cheval piaffant; patine verte.

4 — Petit Groupe : Lion attaquant un serpent; patine
brune. Sur socle en marbre vert de mer.

5 — Groupe semblable à celui qui précède; patine
verte. Celui-ci n'a pas de socle.

6 — Chien basset debout; patine brune.

7 — Panthère debout; patine brune.

8 — Ours couché sur le dos; patine vert foncé.

9 — Chien basset assis; patine brune.

10 — Cerf debout; patine verte.

11 — Cerf passant; patine verte.

12 — Chien de chasse en arrêt; patine verte.

13 — Faisan; patine verte.

14 — Petite Biche couchée; patine verte.

15 — Lièvre couché; patine verte.

16 — Petit Groupe : Héron sur Tortue; patine verte.

17 — Chacal dévorant un héron; patine brune. Socle
en marbre vert de mer.

18 — Lion et Serpent; patine brune. Réduction du
grand groupe qui est aux Tuileries.

19 — Panthère de Tunis.

20 — Groupe : Cerf dévoré par un tigre.

21 — Groupe : Tigre dévorant un Chevreau.

22 — Héron debout. Sur socle rond.

22 *bis* — Groupe : Angélique et Roger montés sur
l'Hippogriffe.

MEUBLES ET BRONZES

23 — Lit du temps de Louis XV, en bois de noyer
sculpté à ornements rocaille, garni de damas
de soie ponceau. Il est accompagné de son
sommier.

24 — Table de nuit du temps de Louis XV, de forme
contournée, en bois de placage, garnie d'ornements en bronze ciselé et doré et à dessus de
marbre brocatelle d'Espagne.

25 — Table du temps de Louis XV, en bois sculpté, à
coquilles et fleurs.

26 — Petit Bureau du temps de Louis XV, en bois de
placage, garni d'ornements en bronze ciselé et
doré.

27 — Fauteuil de Bureau du temps de Louis XV, en
bois de noyer sculpté foncé en canne dorée et
à coussin en maroquin.

28 — Petit Bureau à dos d'âne du temps de Louis XV,
en bois de placage avec sabots et entrée de
serrure en bronze doré.

29 — Deux petits Chenets rocaille, en bronze, à figures
d'enfants.

30 — Deux autres petits Chenets rocaille, en bronze,
ceux-ci ornés d'oiseaux.

ÉTOFFES

31 — Tapis de prière à fond blanc et décor d'ornements et de fleurs polychromes. Travail
persan.

32 — Tapis persan ancien à fond blanc, rosace centrale
et riche encadrement.

33 — Grand Tapis chinois en soie jaune d'or, couvert
d'un riche décor d'ornements brodés en soie
de couleur.

34 — Grande Portière en damas de soie ponceau, à
fleurs.

35 — Deux Portières d'étoffe analogue.

36 — Tapis de table en soie ponceau, à dessin broché
en soie jaune d'or.

37 — Ancien Tapis de prière à fond vert.

38 — Tapis de table de forme carrée, en toile brodée
en soie de couleur à palmes et ornements.
Travail persan ancien.

39 — Couvre-lit en toile piquée à quadrillages et fleurs.
Époque Louis XIV.

LIVRES

—

41. **Almanach des Spectacles** de Paris. *Paris*, années 1759, 1760, 1761, 1766, 1767, 1739 à 1775, 1777 à 1780, 1782 à 1784, 1787 à 1794, 1800 et 1815. Ens. 30 vol., pet. in-18, rel.

42. **Aristophanis** comœdiæ. *Parisiis, Didot*, 1862; gr. in-8, d.-rel. mar. n. rog.

43. **Augier** (Émile). Le Fils de Giboyer. *Paris*, 1863, in-8, dos et coins de mar. rouge, tête dor., n. rog.
    Envoi d'auteur signé.

44. **Aventures** du baron de Munchausen, illustrations de Gustave Doré. *Paris, Furne, s. d.*, in-4, fig. demi-chag.

45. **Balzac.** Les Contes drôlatiques. *Paris*, 1855, in-8, mar. rouge, dent. int., tr. dor. (*Petit.*)
    Bel exemplaire; premier tirage des dessins de G. Doré.

46. **Baschet** (Armand). Le Roi chez la Reine. *Paris*, 1866, in-8, dos et coins de maroq. rouge, tête dorée, n. rog.

47. **Beaumarchais.** OEuvres complètes. *Paris*, 1809, 7 vol. in-8, figures au trait, veau.

48. **Belloy** (marquis de). Christophe Colomb et la découverte du Nouveau-Monde, illustrations de Flameng. *Paris, s. d.*, in-4, demi-chag. tr. dor.

49. **Béranger** (de). OEuvres complètes, édition illustrée par Grandville et Raffet. *Paris*, 1837, 3 vol. in-8, fig. demi-veau bleu.

50. **Bernard** et **Couailhac**. Le Jardin des Plantes. *Paris, Curmer*, 1842, 2 vol. gr. in-8, flg. demi-chag., tr. dor.

51. **Beroalde**. Le Tableau des riches inventions qui sont représentées dans le songe de Poliphile. *Paris*, 1600, in-4, d.-rel. *Figures sur bois.*

52. **Biard**. Deux Années au Brésil. *Paris*, 1862, in-8, flg. demi-chag., tr. dor.

53. **Bible** (La). Les Trois Testaments. *Le Havre*, 1872. gr. in-8, d.-rel. chag., n. rog.

54. **Bibliothèque** facétieuse. *Paris, Claudin*, 1858, in-12, dem.-mar., coins, tête dor., n. rog.

55. **Bœttiger**. Sabine, ou Matinée d'une dame romaine à sa toilette. *Paris*, 1813, in-8, flg. d.-rel. veau fauve.

56. **Burty** (Ph.). Les Émaux cloisonnés, anciens et modernes. *Paris*, 1868, in-12, cart. n. rog. *Planches en couleur.*

57. **Burty**. Lettres d'Eugène Delacroix, 1815 à 1863, recueillies et publiées par Ph. Burty, avec fac-similé de lettres et de palettes. *Paris, Quantin*, 1878, in-8, mar. rouge, dent. int., n. rog., étui.

  Précieux exemplaire avec le portrait en triple épreuve et auquel on a ajouté 32 lettres autog. de Delacroix, fort intéressantes pour l'histoire de ses travaux.

58. **Bury-Pallisser** (Mad.). Hist. de la Dentelle. *Paris, Didot, s. d.*, in-8, flg., demi-chag., n. r.

59. **Cabinet** (le) de l'Amateur et de l'Antiquaire. *Paris*, 1842, 4 vol., gr. in-8, flg., d.-rel.

  Un des rares exemplaires contenant la planche du FUMEUR de MEISSONIER.

60. **Canler**. Mémoires. *Paris, Hetzel, s. d.*, in-12, demi-mar.

61. **Canteleu** (de). Les Races de chiens courants au XIX° siècle. *Paris. Goin*, 1873, in-4, pap. de Hollande. fig., dos et coins de mar. vert, tête dor., n. r.

62. **Capelle**. La Clé du Caveau. *Paris, Cotelle*, 1830, in-8 oblong, d.-rel. veau.

63. **Casanova**. Mémoires de Casanova de Seingalt. *Bruxelles*, 1863, 6 vol. in-12, d.-rel. veau fauve, tête dor. n. r.

64. **Catalogue** des Tableaux modernes de la collection Suermondt. *Paris*,1877, gr. in-8, br. *Eaux-Fortes*.

65. **Catalogue** de Tableaux de la collection Reiset, 1870, gr. in-8, br. *Eaux-Fortes*.

66. **Catalogue** des Tableaux anciens, etc., composant la collection de M. Schneider. *Paris*, 1876, in-8, *eaux-fortes*, broché.

67. **Cervantes**. Don Quichotte de la Manche, trad. par Viardot. *Paris*, 1838, 4 vol. in-18, d.-rel. v.

68. **Champfleury**. Essai sur la vie et l'œuvre des Lenain, peintres laonnais. *Laon*, 1850, in-8, d.-chag. (*Envoi d'auteur signé.*)

69. **Chennevières-Pointel**. Contes normands par Jean de Falaise, traduits librement par l'ami Job. *Caen*. 1842, pet. in-18, chag. *Fig.*

70. — Observations sur le musée de Caen et sur son nouveau catalogue, accompagnées de deux eaux-fortes de Fréd. Villot. *Argentan*, 1851, in-4, d.-rel. chag. bleu.

71. **Chevreul**. Théorie des effets optiques que présentent les étoffes de soie. *Paris*, 1846, in-8, d.-rel. mar.

72. **Choderlos de Laclos**. Les Liaisons dangereuses. *Amsterdam et Paris*, 1782, 4 vol. in-12, veau.

Édition originale.

73. **Contes** du gay sçavoir. Ballades. Fabliaux et Traditions du moyen-âge, publiés par Langlé. *Paris, Didot*, in-8, cart., n. rog. *Vignettes coloriées*.

74. **Contes** théologiques et gaillards. *Paris*, 1784, in-8, d.-rel. veau.

75. **Correspondance** d'Eulalie ou Tableau du libertinage de Paris. *Londres*, 1795, 2 tomes en 1 vol. in-12, veau.

76. **Davillier** (Baron). Fortuny, sa Vie, son Œuvre et sa Correspondance. *Paris*, 1875, in-3, dos et coins de mar. rouge, tête dor., n. rogné. *Eaux-Fortes de Fortuny*.

77. **Delacroix** (Eugène). Sa Vie et ses Œuvres. *Paris, Claye*, 1865, gr. in-8, d.-mar. rouge, tête dor., n. r.

78. **Deurbrouck**, Fables. *Paris, Jouaust*, 1872, gr. in-8, d.-rel. mar. rouge, coins. *Jolies illustrations sur Chine.*

79. **Dezobry** et **Bachelet.** Dictionnaire général de biographie et d'histoire. *Paris, Delagrave*, 1866; 2 vol. gr. in-8, d.-rel. chag.

80. **Dorat**. Les Baisers, *Paris*, 1770. — La Déclamation théâtrale, 1771. Ens., 2 vol. in-8, rel. *Figures d'Eisen.*

81. **Doré** (G.). Histoire de la Sainte-Russie. *Paris, s. d.*, gr. in-8, cart., n. r.

Premier tirage.

82. **Du Camp** (Max.). Paris, ses Organes, ses Fonctions et sa Vie. *Paris*, 1869, 6 vol. in-8, d.-chag.

83. — Les Convulsions de Paris. *Paris*, 1879; 3 vol. in-8, d.-chag.

84. **Dumas fils** (A.). La Question du divorce. *Paris*, 1880, in-8, d.-rel. chag. n. r.

85. — Le Fils naturel. *Paris*, 1858, in-12, mar. bleu, tr. dor.
Édition originale Exemplaire sur papier fort avec envoi autographe de l'auteur.

86. — La Princesse Georges. *Paris*, 1872, in-8, dos et coins de mar., tête dor, n.r.
Édition originale. Envoi autographe de l'auteur.

87. — La Femme de Claude. *Paris*, 1873, in-8, dos et coins de mar. bleu, tête dor. n. r.
Envoi d'auteur signé.

88. **Dupiney de Vorepierre**. Dictionnaire français. *Paris*, 1864, 2 vol. in-4, d.-chag.

89. **Feuillet de Conches**. Les Apocryphes de la peinture de portrait. *Paris*, 1849, in-8, d.-chag. (*Envoi d'auteur.*)

90. **Florian**. OEuvres. *Paris*, 1805, 8 vol. in-8, fig. veau.

91. **Frédol** (A.). Le Monde de la mer. *Paris*, 1865, gr. in-8, fig., dos et coins de mar., tête dor., n. r. *Planches en couleur.*

92. **Frœhner** (A.). La Colonne Trajane. *Paris*, 1865, in-8. fig. dos et coins de mar. rouge, tête dor., n. r.

93. **Gœthe**. OEuvres. *Paris*, 1844, 10 vol. in-12, d.-chag. n. r.

94. **Grandville**. Scènes de la vie privée et publique des animaux. *Paris*, 1842. 2 vol. gr. in-8, fig., d.-rel. basane.

95. **Guillemin** (A.). Le Ciel. *Paris*, 1864 ; gr. in-8, fig., demi-chag., tr. dor.

96. **Hardouyn**. Le Trésor de Vénerie, publié pour la première fois avec des notes par le baron Pichon. *Paris*, 1855 ; in-8, eaux-fortes de F. Villot, dos et coins de mar. rouge, tête dor., n. r.

97. **Humbert** (A.). Le Japon illustré. Ouvrage contenant 476 vues, scènes, types, monuments et paysages, dessinés par E. Bayard, de Neuville, etc., cartes et plans. *Paris, Hachette*, 1870. 2 vol. gr. in-4, demi-chag. rouge, tr. dor.

98. **Labarte** (Jules). Recherches sur la peinture en émail dans l'antiquité et au moyen âge. *Paris*, 1856 ; in-4, d.-rel. mar. n. r. *Envoi d'auteur. Planches en couleur*.

99. **La Châtre**. Nouveau Dictionnaire universel. *Paris, s. d.*, 2 vol. in-4, demi-chag.

100. **La Fontaine**. Fables choisies, mises en vers par M. J. de la Fontaine. *A Paris, Chez Desaint et Saillant*, 1755, 4 tomes en 2 vol. in-fol., figures d'Oudry, demi-mar.

    Très belles épreuves des figures.

101. **La Forêt**. L'Art de soigner les pieds. *Paris*, 1782 ; in-12, mar. rouge, dos orné, fil. dent. int., tr. dor. (*Jolie reliure ancienne.*)

102. **Laujon** (de). Contes et légendes. Ouvrage illustré par G. Doré, Bertall, etc. *Paris*, 1862 ; in-4, cart., tr. dor.

103. **Gavarni** Diable à Paris. *Paris, Hetzel*, 1845-1846, 2 vol. gr. in-8, illustrations de Gavarni et autres, v. fauve, fil., n. rog.

104. **Le Sage**. Le Diable boîteux. Illustrations de Tony
Johannot. *Paris*, 1842; gr. in-8, fig. v. fauve.

105. **Loewe** et **Howard**. Les Plantes à feuillage co-
loré. *Paris*, 1872; 2 vol. gr. in-8. demi-chag., tr. dor.
Planches coloriées.

106. **Mazois**. Le Palais de Scaurus. *Paris*, 1822; in-8,
d.-rel. mar.

107. **Modes et Costumes** historiques, dessinés et
gravés par Pauquet frères, d'après les meilleurs maî-
tres de chaque époque. *Paris, s. d.* 2 vol. in-4, *nombreuses planches coloriées*, d.-rel. toile.

108. **Molière**. Le Tartuffe, comédie. *A Paris, chez
Claude Barbin*, 1673; in-12, front. gr. d.-rel.
   Dernière édition donnée du vivant de l'auteur, avec les placets au
   Roy. Très rare.

109. **Montaigne**. Essais. *Pour François Lefebure, à
Lyon*, 1595; in-12, parch.

110. **Moreau** (Ad.). Decamps et son OEuvre, avec des
gravures en fac-simile des planches originales les plus
rares. *Paris*, 1869; in-8, dos et coins de mar. rouge,
tête dor., n. r.
   Exemplaire avec envoi autographe signé.

111. — Delacroix et son OEuvre, avec des gravures en
fac-simile des planches originales les plus rares. *Paris*,
1873; in-8, dos et coins de mar. rouge, tête dor., n. r.
(Envoi d'auteur signé.)

112. **Musset** (A. de). OEuvres. *Paris, Charpentier*, 1867;
1 vol. gr. in-8, dessins de Bida, demi-chag., n. r.

113. **Narjoux** (Félix). Notes de voyage d'un architecte
dans le Nord-Ouest de l'Europe. *Paris*, 1876; gr. in-8,
fig. demi-chag. tête dor., n. r.

114. **Nodier** et **Taylor**. Voyages pittoresque dans l'ancienne France. (Franche-Comté.) *Paris*, 1825; 2 vol.
in-fol., *planches*, d.-rel. veau.

115. **Nouvelles Archives** de l'Art français, recueil de
documents inédits publiés par la Société de l'Art français, années 1874-75. *Paris*, 1875; in-8, pap. de Holl.,
dos et coins de mar. tête dor., n. r.

116. **Office** de la Semaine-Sainte en latin et en françois.
Paris, 1728; in-8, mar. rouge, tr. dor. orn., rel. anc.
Aux armes de la reine Marie Leczinska.

117. **Pierret**. Études égyptologiques. *Paris*, 1873; in-4,
cart. *Planches*.

118. **Prévost** (l'abbé), Histoire de Manon Lescaut et du
chevalier des Grieux, nouvelle édition, précédée d'une
préface d'Alexandre Dumas fils. *Paris, Glady*, 1875;
in-8, dos et coins de mar. rouge, tête dor., n. r. *Eaux-
fortes de Flameng.*

119. **Primatice**. Les travaux d'Ulysse, peints à Fon-
tainebleau par le Primatice, dédiés à Mgr de Lian-
court, par Th. Van Thulden. *S. l.*, 1633, in-fol. oblong,
v. fauve. 58 *planches*.

120. **Rabelais**, OEuvres, Illustrations de G. Doré. *Paris,
Bry*, 1854; in-4, d.-rel.

121. **Ravaisson**. Archives de la Bastille. *Paris*, 1866;
6 vol. in-8, d.-rel., n. r.

122. **Rémusat** (Abel de). Grammaire chinoise. *Paris,
Imp. imp.*, 1813; in-8, basane.
Nombreuses annotations manuscrites de Paul de Rémusat et Fré-
déric Villot.

123. **Roujoux** et **Mainguet**. Histoire d'Angleterre.
Paris, 1844; 2 vol. gr. in-8, d.-rel. ch., tr. dor. *Fig.*

124. **Saint-Pierre** (B. de). Paul et Virginie. *Paris, Deterville,* 1816; in-18, mar. rouge, tr. dor. *Fig. de Moreau.*

125. **Sand** (Maurice). Masques et Bouffons. *Paris, Michel Lévy,* 1860; 2 vol. gr. in-8, cart. *Costumes coloriés.*

126. — Le Monde des Papillons. *Paris,* 1867; gr. in-8, *fig. coloriées,* demi-chag., tr. dor. (*Envoi d'auteur signé.*)

127. **Simonin** (L.). La Vie souterraine. *Paris,* 1867; gr. in-8, fig. demi-chag., tr. dor.

128. **Shakespeare**. OEuvres complètes, trad. de B. Laroche. *Paris,* 1860; 6 vol. in-12, demi-chag., r.

129. **Swift**. La Vie et les Aventures de Robinson Crusoé. *Paris,* 1768; 4 tomes en 2 vol. in-12, mar. vert, tr. dor. *Fig.*

130. **Truchet** (le Père). Méthode pour faire une infinité de dessins différents avec des carreaux mi-partie de deux couleurs. *Paris,* 1722; in-4, v. m. *Fig.*

131. **Villot** (Fréd.). Notice des tableaux exposés dans les galeries du Musée impérial du Louvre. *Paris,* 1853; 3 vol. in-8, d.-rel.

132. **Viollet-le-Duc**. Dictionnaire du Mobilier français, tome Ier. *Paris,* 1858; gr. in-8, *fig.,* demi-chag.

Vve Renou et Maulde, imprimeurs de la Compagnie des Commissaires-Priseurs, rue de Rivoli, 144.   509—57602